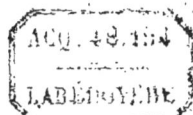

PLAINTES

ET DOLÉANCES

De M. l'abbé T***, Ch. du C. de B.

(Teillard chanoine du chapitre de Beaujeu).

E

78 3.

PLAINTES

ET DOLÉANCES

De M. l'abbé T***, Ch. du C. de B.,

*Concernant le Célibat eccléfiaftique, adreffées
à MM. les Députés compofant l'affemblée*
~~des États Généraux~~ *nationale.*

Poft tenebras lux.
Luceat omnibus.

1789.

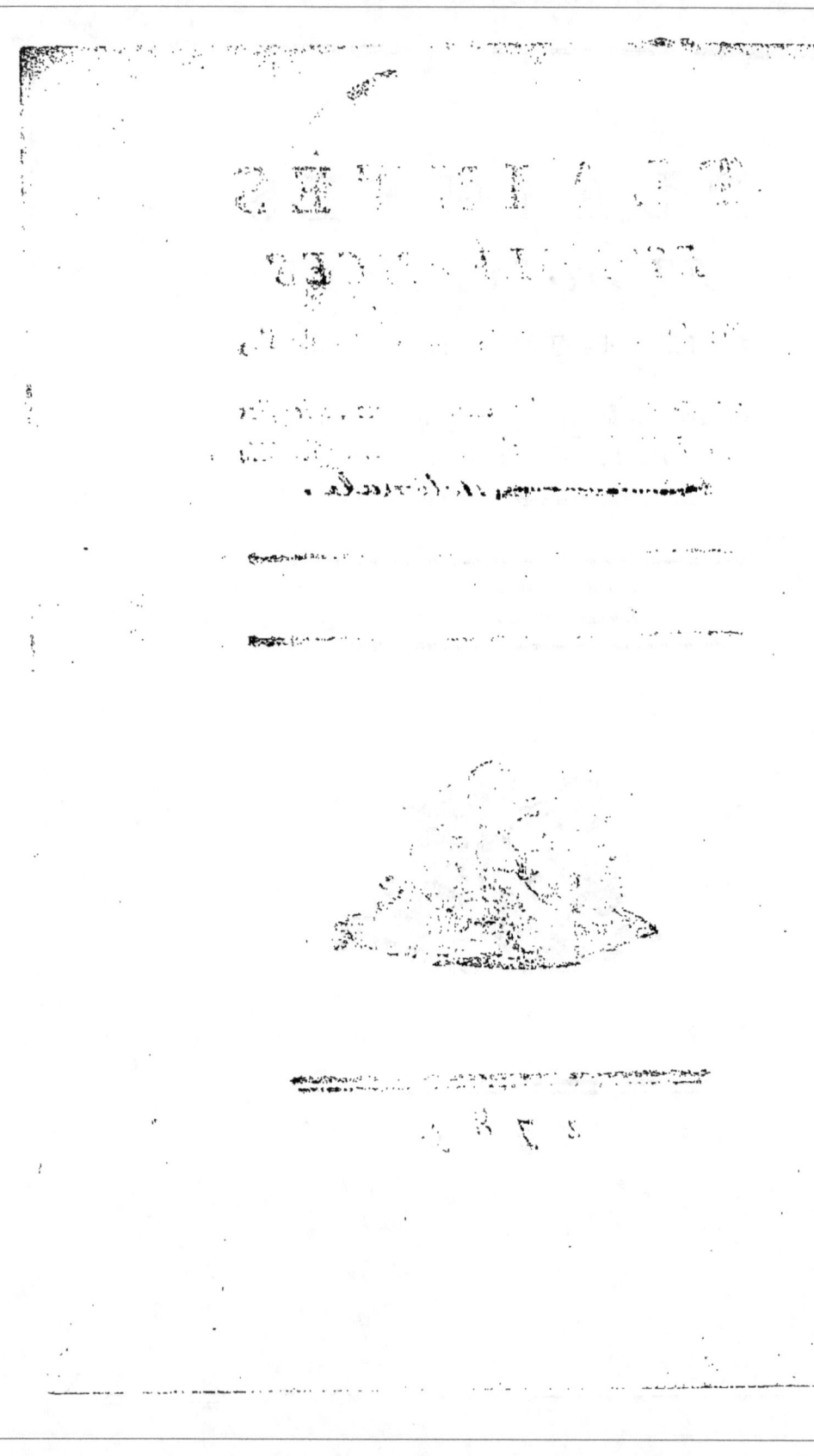

AUX
DÉPUTÉS
~~DES TROIS ORDRES.~~

De l'assemblée nationale

Messieurs,

Lorsqu'on a vu les opinions les plus fauſ-
ſes, les erreurs les plus nuiſibles, les préjugés
les plus abſurdes, les ſyſtémes les plus révol-
tants, accrédités, ſuivis pendant des ſiecles
entiers, paſſés en principe chez un grand
Peuple, formant, pour ainſi dire, la baſe de
ſon gouvernement, & le code univerſel de ſes
loix; & que l'on voit enſuite chez ce même
Peuple, le flambeau de la vérité briller, pour
la premiere fois, de toute ſa lumiere, éclairer

A 3

ſes démarches, le ramener à un nouvel ordre
de choſes, alors, & véritablement alors, on
peut dire : « après les ténebres la lumiere ».
Ce grand peuple, c'eſt la nation Françoiſe,
& je ſuis François! Victime avec elle, juſqu'à
ce jour, de l'ignorance & de l'impoſture, je
verrai donc encore, au milieu de ma carriere,
naître, & pour elle & pour moi, des jours
plus heureux! Juſtice éternelle, vous avez
veillé à la conſervation de ce vaſte empire!
Il touchoit à ſa ruine par les mêmes cauſes qui
en ont renverſé tant d'autres, & vous avez
fait naître LOUIS XVI & NECKER. Comme
il ne falloit pas moins que le meilleur des
Rois & le plus ſage des Miniſtres pour raffer-
mir ſes fondements ébranlés, vous avez donné
à l'un le cœur d'Henri IV, & à l'autre, les
vertus & le génie de Sully. Le premier,
animé du ſeul déſir de faire le bonheur de
tous ſes ſujets ſans diſtinction, parce qu'il eſt
convaincu que c'eſt la jouiſſance la plus douce,
comme la gloire la plus ſolide d'un Monar-
que, a été frappé d'étonnement & de douleur
lorſqu'il a ſu qu'ils étoient au contraire accâ-
blés ſous le poids de tous les maux qu'enfante
l'erreur, ſoutenue du deſpotiſme. Le ſecond,
en lui dévoilant avec fermeté leur oppreſſion
& leur miſere, la profondeur des plaies de
l'Etat, s'eſt empreſſé à lui montrer en même
temps les moyens propres à rendre aux uns
la félicité, & à l'autre toute ſa vigueur. Le
Miniſtre a fait ſentir au Souverain qu'il falloit

s'environner de fon peuple, pour prendre en-
femble tous les partis convenables dans la crife
actuelle, & convoquer, fans délai, des États
Généraux, oubliés depuis long-temps, dont
l'interruption a été prefque l'unique fource de
nos malheurs. C'eft d'après cette convocation
qu'une multitude d'écrivains patriotes fe font
empreffés à prendre la plume, pour inftruire
la Nation fur les vices & les abus à réformer
dans fon gouvernement, & les meilleures &
les plus fages loix à fanctionner, & que chaque province, affemblée en États particuliers,
à fait à ce fujet fes cahiers de plaintes & re-
montrances.

Mais comme tout François a encore le
droit d'exprimer féparément fon vœu particulier, lorfqu'il le croit utile à fa patrie, qu'il
n'a pu l'exprimer nulle part, & que perfonne
à fa connoiffance ne s'eft avifé de le former,
je ne crains pas de configner ici le mien, &
de vous le faire parvenir, Meffieurs, par la
voie de l'impreffion ; intimement perfuadé
que vous accueillerez toujours avec empreffe-
ment toutes les motions tendantes au bien
généralement reconnu.

Je propofe de profcrire la loi abfurde, qui
met le Clergé dans la dure néceffité de garder
le célibat.

Toute loi politique qui, loin d'avoir aucun
but moral, le feul qui puiffe déterminer fa
fanction, renverfe au contraire l'ordre établi
par la Providence, contrarie les vues de la

A 4

nature & de la religion , & enfante des crimes pour des vertus , une pareille loi, dis-je,
qui produit d'auſſi monſtrueux effets , doit être
rejetée avec horreur , même effacée , s'il étoit
poſſible , de la mémoire des hommes. Or ,
telle eſt la loi que je viens combattre.

Elle eſt purement politique , & ne tient
point à l'eſſence de notre culte. Cette vérité
n'auroit pas beſoin de preuves pour les per-
ſonnes qui ſont verſées dans l'hiſtoire de l'égliſe.
Etabliſſons-la ſuccintement pour celles qui ne
le ſont pas , ou qui ne la connoiſſent qu'im-
parfaitement (1) , & d'après la mauvaiſe foi
& les fraudes pieuſes (2) de nombre de ſes
hiſtoriens ou de ſes interprètes.

Dans le choix que fit Jeſus-Chriſt de ſes
Apôtres & de ſes Diſciples, il n'alla point les
chercher parmi des célibataires : en leur con-
fiant le dépôt de ſa doctrine , & leur donnant
une miſſion ſpéciale pour la répandre par
toute la terre , il ne leur dit point , pour ca-
ractériſer leur miſſion : vivez déformais dans
la continence , & gardez la toute votre vie ;
mais il leur dit : « allez aux brebis perdues
» d'Iſraël ; prêchez dans tous les lieux où
» vous paſſerez , le royaume du ciel , qu'il eſt

---

(1) Et il y en a beaucoup , plus même parmi les
eccléſiaſtiques que parmi les gens du monde , ce qui eſt
bien étonnant.

(2) Comment a-t-on oſé appeler autrefois , dans
l'égliſe , fraudes pieuſes , des fraudes ſi criminelles ?

» proche ; rendez la fanté aux malades ; ref-
» fufcitez les morts ; guériffez les lépreux ;
» chaffez les démons ; donnez gratuitement
» ce que vous aurez reçu gratuitement ; ne
» vous inquiétez point d'avoir de l'or ou de
» l'argent , ou d'autre monnoie dans votre
» bourfe , &c. (1) ». Dans toutes les autres
inftruction qu'il leur donne , les autres com-
mandements qu'il leur fait , les différents pré-
ceptes , en un mot , qu'il établit pour leur
fervir de regle, à eux & à leurs fucceffeurs ,
il n'eft pas du tout queftion de s'abftenir du
mariage , que lui même a élevé à la dignité
de facrement.

La loi qui oblige les prêtres à vivre dans le
célibat, n'émane donc pas du divin Légifla-
teur ; elle ne vient pas non plus des Apôtres.

Si les Apôtres avoient fait une pareille loi,
ils auroient commencé par l'obferver eux-
mêmes, n'impofant à perfonne , bien différents des Pharifiens & des Docteurs Juifs , de
lourds fardeaux , auxquels ils n'auroient pas
voulu toucher. Or , fuivant leur propre témoignage , que l'on peut voir dans les livres
facrés fidellement traduits (2) , & d'après celui

_____

(1) Matth. ch. 10, ꝟ. 7 & fuiv.

(2) J'ai dis fidellement traduits ; car voici une véri-
table infidélité commife dans la traduction de ces paroles de l'épître de St. Paul aux Philp. (ch. IV. ꝟ. 3):
« *Rogo etiam te Germana compar , adjuva illas quæ*
» *cum ipsâ funt* ». Dans toutes les verfions latines qui

des plus anciens peres de l'églife, tous les
Apôtres, à l'exception de St. Jean, étoient
mariés. St. Ignace, leur difciple & leur con-
temporain, le dit pofitivement dans fon épître
aux Philadelphiens. St. Clément d'Alexan-
drie ; Polycrate, évêque d'Ephefe (1) ; Origene, difciple de St. Clément (2) ; Tertul-
lien (3) & beaucoup d'autres, qui vivoient
tous vers la fin du fecond fiecle, & au com-
mencement du troifieme, l'atteftent de même.
Un fiecle après, d'autres peres l'ont également penfé ; tels que St. Bafile & St. Am-
broife, quoique ce dernier excepte St. Paul
comme St. Jean. *Omnes Apoftoli* (dit-il) *ex-
ceptis Joanne & Paulo, uxores habuerunt.*
Mais fon fentiment doit-il prévaloir fur celui
des Peres qui l'ont de beaucoup précédé ? Je
ne citerai pas un plus grand nombre d'auto-
rités pour prouver un fait certain, & reconnu
pour tel par toute la primitive églife, & que
l'églife moderne a vainement cherché à dé-
guifer.

exiftent aujourd'hui, on trouve *Germane* au lieu de
Germana. Cependant Origene, le plus favant des peres,
étoit que ces paroles étoient adreffées par St. Paul à fa
femme. (Voyez fa lettre aux Rom.). St. Clém. d'Alex.
l'a auffi cru. (Strom., pag. 448). Or, comment ces
peres auroient-ils pu le croire, fi dans cette épître de
St. Paul il y avoit eu *Germane* au lieu de *Germana ?*

(1) Strom., pag. 448, & Euf. hift. Eccl., l. 3, c. 31.
(2) *Orig. in Ep. ad Rom.*
(3) *Tert. de Monog.*

Les Apôtres, après avoir ufé du mariage, n'ont point obligé leurs fuccefleurs à s'en abftenir. St. Paul s'explique ainfi en parlant des qualités que doit avoir un évêque : « qu'il foit » irrépréhenfible, le mari d'une feule femme, » qu'il gouverne fagement fa maifon, qu'il » élève fes enfants dans la foumiffion & la » modeftie (1) ». Quelques verfets plus bas, il répete la même chofe à l'occafion des diacres, & veut que ceux d'entr'eux qui auront bien réglé leur famille foient élevés au grade d'évêque, voulant apprendre par là que ceux qui ont été capables de régir leur famille avec prudence, font bien propres à gouverner l'églife avec fageffe, & dignes de devenir fes chefs. Tel eft pourtant le langage de ce Paul, que les partifans outrés de la continence ont toujours regardé comme fon plus ferme défenfeur ; lui qui ne l'a jamais ordonné à perfonne, mais fimplement confeillé comme un état plus parfait, c'eft-à-dire, plus convenable au temps & aux circonftances où fe trouvoit l'églife naiffante, expofée à toutes fortes de tribulations, *propter inftantem necéffitatem* ; état fait pour peu de perfonne, & pour lequel, dit-il, il faut des graces extraordinaires ; invitant chacun à fe conduire felon le don particulier qu'il a reçu de Dieu. *Unus quifque in quâ vocatione vocatus eft, in eâ permaneat.*

---

(1) *Epift. ad Thim.*, ch. 3, ℣. 2 & fuiv.

Les Apôtres n'ont donc pas imposé aux miniſtres évangéliques l'obligation de vivre dans
la continence : auſſi eſt-il conſtant qu'ils ont
uſé librement de la faculté de ſe marier pendant les trois premiers ſiecles de l'égliſe, &
aucun d'eux n'avoit encore cru pouvoir établir
& ſuivre d'autres regles que celles qu'il tenoit
de Jeſus Chriſt & des Apôtres. On en trouve
la preuve, ſi clairement établie dans les canons
apoſtoliques, que je ne rapporterai pas d'autre autorité, quoiqu'il y en ait de très-nom-
breuſes d'ailleurs.

Le troiſieme de ces canons défend à tout
évêque, prêtre ou diacre d'abandonner ſon
épouſe, de la rejeter ſous prétexte de religion, à peine d'excommunication, & de dé-
poſition, s'il perſévere. *Epiſcopus, aut preſ-*
biter, aut diaconus, uxorem ſuam prætextu
religionis non ejiciat ; ſi autem ejecit, ſegre-
getur, quod ſi perſeverat deponatur. Le qua-
rante-troiſieme eſt conçu en ces termes : « Si
» quelque évêque, prêtre ou diacre, ou tout
» autre du clergé, s'abſtient du mariage, des
» viandes ou du vin, non pour s'exercer,
» mais comme déteſtant ces choſes, oubliant
» que toutes ſont bonnes, & que c'eſt Dieu
» lui-même qui a créé l'homme & la femme,
» & que, par un blaſphême impie, il accuſe
» la création, qu'il ſe corrige, ou qu'il ſoit
» dépoſé & chaſſé de l'égliſe ; & que le laï-
» que, coupable de la même erreur, ſubiſſe
» la même condamnation ». Il demeure donc

bien prouvé que la loi pénible du célibat des prêtres, ne peut être attribuée ni à Jesus-Chrift ni à fes Apôtres ; qu'elle a été inconnue pendant les trois plus beaux fiecles de l'églife ; que fon inftitution conféquemment eft purement humaine & politique, & ne tient, en aucune maniere à l'effence de notre culte.

Examinons maintenant fi elle a aucun but moral : j'appelle but moral d'une loi quelconque, fon utilité, c'eft-à-dire, que l'exercice de la chofe ordonnée par la loi, doit toujours tourner au profit de la fociété en général, ou d'une portion au moins de la fociété, la loi ne pouvant rien commander d'indifférent fans être puérile, & rien de nuifible fans être abfurde & barbare. Or, quel avantage peut tirer la fociété, en tout ou en partie, de la continence eccléfiaftique ? Qu'eft-ce que la continence confiderée en elle-même ? Eft-elle un bien, une vertu ? Et ceux qui l'ont ainfi qualifié, ne l'ont-ils pas confondu avec la chafteté, qui, modefte dans toutes fes démarches, attend avec docilité l'ordre des loix, pour fe livrer aux douces impreffions de la nature ; qui, n'y cédant qu'avec réferve, & toujours en oppofant aux mouvemens trop impétueux des paffions, la réfiftance de la pudeur, fe rend par là la gardienne des bonnes mœurs ? La continence prife ainfi pour la chafteté, feroit vraiment alors une vertu, & peut-être la premiere de toutes, comme la plus utile ; mais il n'eft pas même poffible de les assimiler en rien. L'une, sage & prudente, conseille des privations prescrites & limitées par la raison, qui amenent à leur suite des jouissances plus douces : c'est une main bienfaisante qui enleve à un jeune arbre, dont la seve est trop abondante, quelques fleurs, pour lui faire porter de meilleurs & de plus beaux fruits. L'autre, aveugle & téméraire, exige des privations perpétuelles sans dédommagement, des combats éternels sans gloire, des sacrifices de tout genre, sans autre mérite que la difficulté vaincue, l'anéatissement de toutes ses facultés : c'est une main perfide qui s'efforce de couper toutes les branches utiles & productives de l'arbre pour ne lui laisser qu'un malheureux tronc informe & stérile.

Charron, dans son traité de la sagesse, la définit ainsi : « La continence, dit-il, est une » chose très-difficile & de très-pénible garde. » Il est bien mal aisé de résister du tout à » nature : or, c'est ici qu'elle est plus forte ; » aussi est-ce la plus grande recommandation » qu'elle ait, que la difficulté : car, au reste, » c'est une vertu sans action & sans fruit, » c'est une privation, un faire peine sans » profit. »

Mais si la continence, vue simplement comme telle & sans relation quelconque, n'offre aucun bien, de quelle foule de maux ne devient-elle pas la source, en l'examinant sur tous ses rapports avec la société ?

C'est ici que la tâche devient pénible, &

qu'il faut s'armer de courage, pour oſer entreprendre le tableau de tous les abus & de toutes les horreurs qu'enfante le célibat forcé des eccléſiaſtiques : ils ſe préſentent en ſi grand nombre, & ſous des formes ſi révoltantes, que l'on rejette bien des fois la plume, avant de ſe livrer à cette affligeante peinture. Puiſſé-je la reprendre aſſez utilement, pour ne revenir jamais plus ſur un pareil ſujet.

Le célibat forcé attente à tout ce qu'il y a de ſacré & de reſpectable parmi les hommes : il s'oppoſe à l'exécution des loix du Créateur ; il frappe directement contre la religion, en corrompant les mœurs de ſes miniſtres ; il tend à rompre les liens de la ſociété, & à en détruire l'harmonie. Développons ces idées.

Et d'abord il s'oppoſe à l'exécution des loix du Créateur. Nous voyons dans la Geneſe que le premier commandement que Dieu fait à l'homme & à la femme, au ſortir de ſes mains, c'eſt de s'unir, pour croître & multiplier, & remplir toute la terre. Il veut que cette union ſoit ſi intime, qu'ils ne faſſent enſemble plus qu'une ſeule & même chair ; & pour qu'ils ne puiſſent jamais ſe refuſer à l'accompliſſement de cette loi, il les y invite par l'attrait du plaiſir & du bonheur, en établiſſant entr'eux des relations ſi douces & ſi fortes, qu'ils ſoient ſans ceſſe rappellés l'un vers l'autre. En un mot, la côte tirée d'Adam pour former Eve, eſt le langage le plus expreſſif qu'on puiſſe employer

pour défigner, entre les deux fexes, la néceffité de s'unir. Comment concilier maintenant la loi du célibat avec les deffeins de Dieu
fur fes créatures? Qui ne voit qu'elle tend à
les renverfer abfolument, à détruire tous les
rapports qu'il a mis entre l'homme & la femme
pour la confervation de l'efpece, & à anéantir
le plus bel ouvrage de fes mains? L'autorité
qui a été affez téméraire pour porter la loi du
célibat, devoit donc être affez puiffante en
même temps pour créer une efpece d'hommes
faits exprès pour elle, dont les deux fexes
fuffent repouffés l'un de l'autre par une anti-
pathie auffi forte que le penchant irréfiftible
qui appelle les enfants d'Adam à s'unir, &
trouver d'autres moyens pour perpétuer cette
race nouvelle.

Il frappe directement contre la religion,
en corrompant les mœurs de fes miniftres.

Quoique l'on ait toujours regardé avec raifon les dogmes & les myfteres comme une
des bafes principales de la religion chrétienne,
ils ne font cependant pas fon unique appui :
la raifon ne peut les voir que des yeux de la
foi ; ils étonnent autant qu'ils perfuadent ; on
s'y foumet, parce qu'on refpecte l'autorité
dont ils émanent. La morale fublime de l'évangile attefte fa divinité d'une maniere bien plus
fenfible & plus analogue à l'efprit humain.
C'eft cette loi, toute de grace & d'amour,
que Jefus-Chrift veut graver dans le cœur de
tous les hommes, & n'en faire qu'une même
famille,

famille, qu'un peuple de freres, toujours
unis par les liens d'une charité active qui les
porte sans cesse à s'aimer les uns & les autres, à se secourir dans leurs besoins mutuels,
à user d'indulgence envers les foibles, même
à l'égard des coupables, à pardonner jusqu'à
leurs ennemis, & à souffrir la persécution
plutôt que de devenir persécuteurs. O loi
sainte! loi sacrée! c'est toi, & peut-être toi
seule qui donna des Apôtres à Jesus-Christ,
caractérisa sa mission, établit sa doctrine sur
la ruine de celle de tous ces grands person-
nages de l'antiquité, & fit éclore ces premiers
beaux jours de l'église; c'est toi, je le répete,
morale simple & sublime de l'évangile, qui
fait également la force & la beauté de notre
religion; rayée de ce livre divin, nous n'y
voyons plus que des mysteres incompréhen-
sibles auxquels notre foible raison ne peut
atteindre. *O altitudo !* Or, le ministre, le
prêtre spécialement chargé par son état de
t'annoncer, & de te répandre par toute la
terre, peut-il le faire fidellement & efficace-
ment dans les tristes liens du célibat? Non,
il ne le peut pas.

Pour enseigner la morale évangélique avec
fruit, il faut la pratiquer soi-même; parce
qu'avec une conduite absolument contraire à
sa doctrine, vouloir s'ériger en précepteur du
genre humain, c'est au moins se rendre ridicule
à ses yeux, si l'on n'excite pas son indignation;
parce que celui qui parle d'une façon & agit

B

de l'autre, eft toujours regardé comme un
charlatan adroit qui joue le public, & veut
encore lui faire payer fes fourberies ; parce que
le *faites ce que je vous dis*, *& non ce que je*
fais, fi fouvent répété, fans aucune honte,
par la plupart des miniftres de la religion, eft
un langage abfurde & dérifoire, & nullement
perfuafif ; en un mot, pour prêcher la vertu,
il faut être vertueux foi-même, & avoir des
mœurs pour régler celles d'autrui. En prou-
vant donc combien le célibat corrompt les
mœurs des eccléfiaftiques & les rend crimi-
nels, j'aurois prouvé tout le mal qu'il fait à la
religion.

L'on ne peut jamais étouffer la voix de la
nature dans les chofes qu'elle commande im-
périeufement ; & lorfque, dans ces cas là,
vous mettez le devoir en oppofition avec elle,
il eft toujours méconnu, & ne fait que des
prévaricateurs. Auffi toutes les inftitutions hu-
maines devroient s'attacher à régler feulement
nos penchants, & non pas à les détruire ;
parce que, encore une fois, la nature ne
perd jamais fes droits ; vouloir la forcer, c'eft
vouloir renvoyer les fleuves à leurs fources :
Naturam reppella sfurcá, tamen hùc ufque re-
curret. D'après ces principes, que doivent
faire des eccléfiaftiques condamnés à lutter
perpétuellement contre elle ? Se rendre coupables auffi fouvent que le befoin de fatisfaire
leurs paffions l'exigera. Et comme toutes les
paffions acquierent d'autant plus de force

qu'elles font plus contrariées, celles des eccléfiaftiques deviennent, à raifon des obfta-
cles qu'elles éprouvent, d'une violence qui
les rend capables de fe porter à tous les excès
pour les fatisfaire ; ce qui n'eft que trop con-
firmé par l'expérience des fiecles paffés, &
du temps préfent.

Pour nous éclairer fur le paffé, parcourons
fucceffivement l'hiftoire de l'églife : quelle
multitude d'exemples ne fournit-elle pas des
défordres, des crimes, des fcandales du clergé,
depuis l'époque où un zele inconfidéré, &
plus encore la cupidité & l'ambition, le fou-
mirent à la loi du célibat ? Elle offre, fans dif-
tinction de claffe, des papes, des cardinaux,
des évêques, des prêtres, les uns concubinaires
publiquement, les autres fe livrant, fans réferve à toutes les proftituées ; d'autres, coupables d'adulteres, de viols, de meurtres
même ; prefque tous enfin déshonorant la
fainteté de leur état, décriant la religion &
révoltant les peuples par leur conduite déplo-
rable. Je vais rapporter littéralement un paf-
fage d'un hiftorien du quinzieme fiecle (1), &
l'on verra fi j'exagere. Voici comment il s'ex-
prime en parlant du célibat des eccléfiaftiques:
« Tant s'en faut (dit-il) que le célibat forcé
» l'emporte fur un mariage honnête ; qu'au
» contraire, il n'y a point d'établiffement qui

_____

(1) *Polyd. Virg. de rer. invent.*, l. 5, c. 4.

» ait plus décrié l'ordre du clergé, qui ait
» caufé plus de mal à la religion, & plus de
» douleur à tous les gens de bien ; parce qu'il
» a été, pour les prêtres une occafion con-
» tinuelle de débauches & de crimes. Auffi
» ne feroit-il pas moins avantageux à la fociété
» chrétienne qu'aux eccléfiaftiques eux-mê-
» mes, de leur rendre l'ancien droit de fe
» marier à leur choix ; & il feroit fans con-
» tredit plus honnête de les voir remplir,
» avec chafteté, les devoirs du mariage, que
» de contracter un engagement fi fupérieur à
» leur force, & fe fouiller, comme ils font,
» par les plus honteux déréglemens ». Tous
ceux qui ont écrit, foit précédemment, foit
poftérieurement, fur l'hiftoire de l'églife s'ex-
pliquent de la même maniere. Qu'on life fur-
tout l'hiftoire du regne des papes depuis For-
mofe, jufqu'à Jean XII, dépofé par l'empereur Othon. Enfin, les défordres occafionés
par le célibat ont toujours été fi grands & fi
nombreux, que, pendant une longue fuite de
temps, on ne voit les conciles occupés qu'à
faire des canons pour la réforme des mœurs
eccléfiaftiques, & toujours avec fi peu de fuc-
cès, que beaucoup d'évêques, auffi favants
que pieux, ont infifté bien des fois pour rendre aux eccléfiaftiques la faculté de fe marier,
comme étant l'unique moyen de régler leurs
mœurs. Un de nos papes, le plus éclairé, le
fameux Enée Piccolomini, ou Pie II, difoit
fouvent : « que s'il y avoit eu de bonnes

» raisons pour interdire autrefois le mariage
» aux prêtres, il y en avoit de beaucoup
» meilleures pour le leur permettre à pré-
» sent; que cette interdiction étoit une source
» féconde de damnation pour un très-grand
» nombre, qui se sauveroient infailliblement
» par l'usage d'un mariage légitime (1) ». En
voilà assez, je crois, sur les temps qui nous
ont précédé pour être suffisamment instruit des
abus que le célibat y a produit : tâchons de
retracer avec ménagement ceux de notre siè-
cle, ne déchirons pas entiérement le voile,
ne faisons que le soulever.

Il n'est pas douteux que le clergé d'aujour-
d'hui ne mette beaucoup plus de décence dans
sa conduite, & les désordres occasionés dans
son sein par le célibat, n'éclatent pas au dehors
si fréquemment & avec cette publicité que
l'ignorance & la grossiere franchise de nos
ancêtres donnoient à toutes leurs actions ;
mais à qui devons-nous cette réserve appa-
rente ? Est-ce à une plus grande régularité de
sa part ? N'est-ce pas plutôt à cette politesse
recherchée, à ces manieres étudiées, à ces
usages d'étiquette, à ce qu'on appelle aujour-
d'hui, parmi nous, le bon ton, introduit dans
la société depuis le progrès des arts & des
connoissances, depuis le rafinement d'un luxe

(1) *Fortasse non esset pejus sacerdotes quam plures*
uxorari, quoniam multi salvarentur in sacerdotio con-
jugato, qui sterili in præsbiteratu damnantur.

B 3

extrême, qui seroient choqués d'un liberti-
nage ouvert & grossier, mais qui permettent
d'être tout ce que l'on veut dans le particulier,
pourvu que l'on porte au dehors le masque des
convenances? Au surplus, cette méthode nouvelle de cacher ses vices sous le voile de l'hon-
nêteté, en peut être infiniment plus perni-
cieuse à la religion & aux bonnes mœurs,
parce qu'elle annonce un système réfléchi de
corruption. D'ailleurs, croit on que si je vou-
lois accorder à ma plume plus de liberté, elle
n'auroit pas à citer des exemples aussi révol-
tants & aussi publics des désordres de notre
clergé actuel? Trop d'écrivains du temps se
sont plu à en exposer plusieurs au grand jour,
pour que l'on sache bien apprécier ma modé-
ration. Je finis cet article par me citer moi-
même pour exemple, & par faire l'aveu pénible, qu'avec une ame honnête & l'amour
de la vertu, je me suis vu trop souvent encore
en contradiction avec mes principes, & forcé
de manquer à la fidélité de ces engagements,
si difficiles, pour ne pas dire impossibles, auxquels m'oblige mon état. Peut-être qu'un jour,
à l'imitation d'un de nos plus grands docteurs,
j'aurois le courage de faire au public ma con-
fession entière : elle ne sera sans doute pas aussi
édifiante que celle d'Augustin ; mais elle sera
plus naturelle, peut-être aussi plus utile, &
fournira de nouvelles preuves des funestes
effets du célibat des prêtres : il porte les plus
grands coups à la religion, en corrompant ses

miniftres, nous venons de le voir; il tend également à rompre tous les liens de la fociété,
& à en détruire l'harmonie.

Ce qui réunit les hommes en fociété, c'eft
la réciprocité d'intérêts, le befoin qu'ils ont
les uns des autres, les fecours mutuels qu'ils
fe prêtent, les vrais avantages, en un mot,
qui réfultent, pour chaque individu, d'une
affociation commune. Quand cette affociation
eft nombreufe, elle fe divife naturellement en
plufieurs claffes, mais qui toutes cependant
doivent correfpondre entr'elles, & tendre à
un même but : de ce concours unanime, de
cette heureufe harmonie, dépendent unique-
ment fa force & fa durée. S'il arrivoit donc
qu'une de ces claffes voulût s'écarter du plan
général, tracé par la nature & la raifon, faire
d'autres loix, établir d'autres principes, fui-
vre un régime abfolument contraire à celui de
la fociété entiere, elle tendroit directement à
la bouleverfer & à en rompre tous les liens;
& voilà précifément ce que fait cette claffe
nombreufe d'eccléfiaftiques célibataires en
France, & dans toute la catholicité.

Ayant une fois ofé fe difpenfer de la plus
importante de leurs obligations envers la fociété, celle de lui donner de nouveaux citoyens par un mariage légitime, & brifé ce
premier des liens, le feul qui attache vérita-
ment à elle; ne connoiffant point ces relations
fi douces & fi puiffantes, que les titres précieux d'époux & de pere établiffent entr'elle

& les autres citoyens , & qui rappellent fans
ceffe dans leurs cœurs l'amour de la patrie ,
ils n'y tiennent plus que par des rapports purement perfonnels , qui ne peuvent jamais
réveiller en eux aucun fentiment d'amour public , & ne leur laiffent au contraire qu'une
indifférence abfolue pour la fociété , & la
feule volonté d'en recueillir tous les avantages
fans le moindre retour de leur part ; fembla-
bles à ces frelons qui veulent vivre du miel des
abeilles , fans partager leurs travaux. De là
cette froide infenfibilité des eccléfiaftiques ,
leur égoïfme , leur orgueil , leur avarice , leur
audace à violer les droits les plus facrés des
autres citoyens , pour fatisfaire ou leur intérêt ,
ou leurs plaifirs : de là leur ambition démefu-
rée , leur hypocrifie , leur morale fi relâchée ,
ou plutôt fi libertine , leur haine implacable
& leurs vengeances perfides : en un mot ,
tous les principes deftructeurs de la fociété
dérivent de cette malheureufe fource ; & tous
les peuples doivent regarder les eccléfiaftiques
célibataires comme une troupe d'ennemis ,
qu'ils nourriffent au milieu d'eux , toujours
prêts à s'armer contre les autres claffes de la
fociété (1). Parce que, je le répete , ils ont

_____

(1) N'eft-ce pas encore à un prêtre du premier ordre
que la France doit récemment une grande partie de
fes maux ? N'eft-ce pas encore le clergé qui a mis le
plus de réfiftance à faire le facrifice , qu'on lui a de-
mandé , de fes privileges pécuniaires , & le plus de
lenteur à le promettre , &c, &c, ?

rendu nul pour eux ce motif si pressant de faire cause commune avec elles, la tendre & vive sollicitude qu'inspirent une épouse & des enfants (1). C'est bien ainsi que les anciens pensoient à l'égard des célibataires ; ils les avoient en horreur, & les regardoient comme des espèces de monstres dans la société, dont l'inutilité étoit le moindre défaut. A Sparte, ils étoient l'objet du mépris & de la risée : on les obligeoit de se promener nuds, au plus fort de l'hiver, en chantant des chansons qui leur retraçoient leur honte & leur ignominie ; ils étoient exclus des fêtes solennelles ; & les jeunes gens étoient dispensés de leur rendre aucun salut, même dans leur vieillesse (2). A Rome, ils étoient soumis à des amendes pécuniaires : on ne recevoit pas leur témoignage en justice (3) ; on les privoit du droit d'héri-

(1) Je suis persuadé qu'il y a encore dans le clergé catholique, soit du premier, soit du second ordre, des ecclésiastiques vertueux, bons prêtres, bons citoyens ; mais aucun qui soit parfaitement continent, à l'exception de ceux qui le sont par des causes physiques, ou des graces extraordinaires & miraculeuses.

(2) Dercillidas, un des citoyens les plus distingués de Sparte, & célibataire, entrant dans une assemblée publique, un jeune homme refuse de se lever devant lui & de le saluer, en lui disant : « vous ne devez pas vous » attendre à recevoir cet honneur de moi ; tandis que » je suis jeune, puisque vous n'avez point d'enfant » qui puisse me le rendre lorsque je serai vieux ».

(3) A Rome, quiconque se présentoit pour prêter serment en justice, étoit obligé de répondre d'abord à cette première question du juge : *Ex animi tui sententiâ, tu equum habes ? Tu uxorem habes ?* Et s'il ne pouvoit le faire, il étoit renvoyé sans être entendu.

ser, à moins qu'il n'y eût pas d'autres parents
pour recueillir la succession vacante. Il étoit
défendu aux femmes parvenues à l'âge de qua-
rante-cinq ans, sans avoir eu ni mari ni enfants, de porter des pierreries & d'aller en
litiere. Ce ne fut ensuite que lorsqu'un luxe
prodigieux se fut introduit dans ces fameuses
républiques, que l'on se relâcha sur les loix
qui les flétrissoit, & qu'une licence de mœurs,
égale à celle qui regne aujourd'hui parmi
nous, les fit tolérer; mais au moins ne s'avisa-
t-on jamais d'ordonner à qui que ce fût d'être
célibataire. Tous ceux qui l'étoient, l'étoient
volontairement, à l'exception des sept vestales
de Rome, destinées à l'entretien du feu sacré,
qui étoient obligées de demeurer vierges pendant trente années que duroit leur fonction;
encore avoit on bien de la peine à trouver ce
petit nombre dans cette immense capitale du
monde. (1).

Chez les Juifs, le célibat devoit être
encore plus abhorré que par-tout ailleurs;
puisque le Dieu de leurs peres, le Dieu
d'Abraham, d'Isaac & de Jacob, ne leur
annonçoit jamais ses bénédictions & ses graces,
qu'en leur promettant une abondante fécon-
dité, une famille qu'ils verroient croître &

---

(1) Ce qui le prouve, c'est que l'empereur Tibere se
vit obligé de faire des remercîments publics à deux
citoyens qui étoient venus offrir eux-mêmes leurs filles
pour être vestales.

fe multiplier autour d'eux, comme de jeunes
plans d'oliviers, qui leur offriroit dans leur
vieilleffe, les enfants de leurs petits-enfants,
& s'étendroit de génération en génération,
tandis que la ftérilité étoit, au contraire,
une de fes malédictions les plus terribles.
« Malheur à celui, s'écrioient leurs Pro-
» phetes, qui n'a ni femme ni enfant, &
» qui vit feul ! *vœ foli !* heureux ceux qui
» ont des enfants dans Sion, une famille
» dans Jérufalem ; maudite foit la femme
» ftérile qui n'enfante point ! « Auffi vit-on
la jeune fille de Jephté devenue la trifte
victime de l'imprudente promeffe de fon père,
& fur le point d'être immolée par lui, ne
s'affliger que de mourir avec fa virginité ; elle
alla la pleurer fur les montagnes, & les re-
grets furent fi touchants, qu'ils devinrent dans
la fuite le fujet d'une fête particuliere. Il me
femble, d'après ce langage de l'ancien
teftament, que les partifans les plus opi-
niâtres de la continence, devroient dire,
pour être conféquents, que le Dieu d'Ifraël
n'étoit pas le même que le Dieu des chré-
tiens.

Quant aux autres nations policées, qui
n'ont fait aucune mention des célibataires,
il y a grande apparence qu'elles ne les con-
noiffoient pas, parce que la plupart d'entre
elles vivant dans la poligamie, elles ne de-
voient pas même foupçonner que l'un des
deux fexes pût jamais former le fingulier pro-
jet de conftamment fuir l'autre.

Tout enfin se réunit donc pour nous prouver que le célibat ecclésiastique est l'institution la plus dangereuse & la plus nuisible à la société ; qu'il ne vient ni de Jésus Christ ni des Apôtres ; qu'il a été inconnu pendant les plus beaux siecles de l'église, & n'est qu'un simple réglement de discipline, digne fruit de l'ambition & de la cupidité des Papes ; qu'il combat les grands desseins du Créateur & se refuse au vœu le plus absolu de la nature ; qu'il detruit la religion & corrompt les Ministres ; qu'il fait naître des crimes à la place des vertus, & tend à bouleverser les plus puissants empires, en brisant tous les liens qui unissent les hommes. D'un autre côté, nous avons vu que le célibat, même volontaire, avoit toujours été proscrit par les plus sages gouvernements & également rejeté par l'ancienne loi, le berceau de la nouvelle. Que faut-il de plus, je le demande, pour faire prononcer, sans retour, l'abolition d'un réglement ecclésiastique devenu le premier fléau de l'Etat, & la source de tous les autres ? oui, de tous les autres, je le soutiens hardiment. Quinze ans d'étude & d'expérience de mon corps m'en donnent le droit ; & personne encore n'a peut-être assez réfléchi sur la grande influence que notre ministere nous donne sur le gouvernement, pour savoir que de notre conduite, de nos bonnes ou mauvaises mœurs, dépendent sa prospérité ou ses malheurs ; de telle sorte que s'il lui falloit opter entre ne point avoir du tout d'ecclé-

fafliques, où n'en avoir que de célibataires ?
il vaudroit beaucoup mieux, felon moi,
qu'il fe décidât pour le premier parti.

C'eft donc à vous, illuftres repréfentans
de la nation, que j'adreffe aujourd'hui, avec
la plus grande confiance mes importantes ré-
clamations, & auprès de qui je viens folli-
citer de votre juftice & de votre amour pour
le bien, la réforme de la loi la plus défaf-
treufe qui puiffe exifter. J'ai mis fous vos
yeux une partie des maux nombreux qu'elle
produit. D'après ce tableau, qui n'eft encore
qu'une foible ébauche, balanceriez-vous un
inftant, Meffieurs, à la profcrire avec accla-
mation ? Non, non, vous vous emprefferez
à accueillir mon vœu le plus cher, qui n'eft
pas moins celui de tous les bons eccléfiaftiques, qui, comme moi, gémiffent depuis
long-temps de voir cette effrayante multitude
de vices qui déshonorent notre ordre, &
s'indignent d'être forcés d'y contribuer eux-
mêmes, fous la dure néceffité du célibat avec
l'amour de la vertu dans le cœur. Vous bri-
ferez ces horribles liens qui nous enchaînent
pour ainfi dire au crime ; vous nous refti-
tuerez le plus précieux de nos droits, celui
de perpétuer notre efpece par un mariage
légitime, avec la douce efpérance de nous
voir revivre dans des enfants chéris, qui fe-
ront la confolation & le foutient de notre
vieilleffe : leur amour, leurs careffes, celles
d'une tendre époufe, en faifant naître dans
nos cœurs une fenfibilité, une tendreffe ré-

ciproque, les disposeront en même temps
à des sentiments d'humilité, de bienveillance
universelle, & nous lieront à la société par
des rapports que l'on ne peut plus ni rompre
ni oublier: faisant désormais cause commune avec les autres classes, n'étant plus di-
visés d'intérêts, & travaillant de concert au
bien général, nous recouvrerons l'estime
publique & la considération attachée à notre
état ; car combien de fois ai je rougis de me
voir couvert d'une livrée, devenue trop juste-
ment celle du mépris & de l'ignominie ?

La nation, Messieurs, au nom de laquelle
vous êtes assemblés pour réparer ses malheurs, en corrigeant les principaux abus qui
en sont la source, vous dit, par ma voix, que
le premier est le plus grand de tous est le
célibat ecclésiastique, parce qu'il détruit les
mœurs, & que sans elles, toutes les réformes
utiles que vos lumieres & votre zele pourront
vous suggérer, resteront toujours sans effet.
Ramenez des mœurs en France, & vous y
opérerez tout le bien que vous voudrez ; rendez peres de famille les précepteurs de la
morale, & bientôt vous y aurez des mœurs.

S I R E ;

J'ose, également porter à vos pieds mes
très-humbles & très-respectueuses remon-
trances, & supplier Votre Majesté de vouloir
prendre en considération les puissants motifs
qui les ont déterminés : c'est l'intérêt de la
religion, c'est l'honneur du Clergé, c'est la

paix & le bonheur de vos Peuples, c'est votre propre gloire. Vos auguftes prédéceffeurs, ainfi que plufieurs autres Princes catholiques avoient déjà fi bien fenti les funeftes conféquences du célibat des Prêtres, à l'époque du concile de Trente, que la Cour de France, l'Empereur Ferdinand & le Duc de Baviere y firent demander par leurs Embaffadeurs, que l'on rendît aux eccléfiaftiques, la faculté de fe marier. Le Cardinal de Lorraine & beaucoup d'autres Prélats, fur-tout ceux d'un âge avancé, & qu'une longue expérience avoient éclairés, étoient de cet avis ; mais la Cour de Rome, qui feule infpiroit le concile & y dominoit, eut foin de faire rejeter ces demandes ; préférant en cela, fon intérêt particulier à celui de la religion & à celui de tous les gouvernements poffibles. (1) Et comme alors, l'autorité des

(1) Dès que Pie IV eut appris qu'on difcutoit, dans le concile, le mariage des prêtres, il en fut alarmé, au point qu'en recommandant à fes légats de s'oppofer abfolument à cette réforme, il ne craignit pas de leur dire : que l'introduction du mariage dans le clergé en tournant toute l'affection des prêtres vers leurs femmes & leurs enfants, & par conféquent vers leur famille & leur patrie, les détacheroit en même temps du S. Siege, & les fortiroit de fa dépendance ; que les femmes & les enfants des eccléfiaftiques devenant autant d'otages qui répondroient de leur obéiffance envers leurs fouverains, ils auroient bientôt renoncé à leur entiere foumiffion envers le S. Siege, & borné le pouvoir des papes aux barrieres de Rome. Le cardinal Carpy tint le même langage dans le concile même. N'étoit-ce pas là des motifs bien légitimes & bien édifiants pour faire refufer aux prêtres la permiffion de fe marier ?

Papes pouvoit être encore redoutable aux
Souverains, ils craignirent d'user du droit qu'ils
ont incontestablement, de reformer dans leurs
états tous les réglements de pure discipline
ecclésiastique, quand ils sont nuisibles, ou
même qu'ils ne sont d'aucune utilité. Heu-
reusement, SIRE, vos Majestés ne sont plus
sous la tutelle des évêques de Rome; l'on ne
voit plus de têtes couronnées trembler au seul
nom des foudres du Vaticant, la raison, les
lumieres répandues de toutes parts, ont su
faire apprécier ce phantôme de pouvoir &
lui assigner de justes bornes. Vous ne crain-
drez donc pas, SIRE, après avoir pesé dans
votre sagesse le mérite de mes très humbles
doléances, qui sont véritablement, je le re-
pete, celles de tous les dignes membres du
Clergé, de prononcer avec l'auguste assemblée que vous présidez, l'abolition de la loi
barbare qui mutile & retranche de la société
un si grand nombre de vos sujets; ils vous
devront par là, leur retour à la vertu, une
existence plus honorable & plus utile, & la
postérité qui sortira de ces nouveaux ma-
riages, bénira sans cesse votre nom, appren-
dra d'âge en âge à ses descendants, que c'est
à Louis XVI qu'ils doivent le bonheur d'exis-
ter, & qu'enfin, ce grand Roi vengea la
nature, en supprimant une institution sacri-
lége qui l'outrageoit depuis plus de dix siecles.

F I N.

/31